AF210172

Vorwort

Man kann davon ausgehen, dass jede und jeder in der Gesellschaft nicht nur einmal im Leben Unrecht erfährt und man kann auch davon ausgehen, dass fast jede und jeder in der Gesellschaft die Möglichkeit hat, dem Unmut darüber Ausdruck zu verleihen. Die verbreitete Einstellung „Da kann man halt nichts machen" teilt man nicht.

Was es heißt, zu seinem Recht zu kommen und mit Unrecht umzugehen, hat man inzwischen gelernt. In einer Ausnahmesituation am Rande der Gesellschaft zu leben, erfordert oftmals den Willen, die Kraft und den Mut, sich nicht alles gefallen zu lassen. Es gehört zum Alltag, hierfür im Bereich der eigenen

Möglichkeiten, kämpferisch vorzugehen. Man muss sich äußern und, wenn es auch nur zur Besänftigung des, durch das Unrecht entstandenen, Unmuts gilt, so hat man dadurch doch mitunter viel erreicht. Dieses Buch ist eine Ansammlung von Briefen, in denen man eben genau das versucht. Zu seinem Recht zu kommen. Die Briefe beziehen sich in erster Linie auf die eigene Ausnahmesituation. Dazu findet man noch den einen oder anderen Brief, in dem es um positive Veränderungen verschiedenster Art in der Gesellschaft geht.

Alle Namen wurden in Paul (m) und Paula(f) abgeändert.

Wien im Dezember 2023

Betreff:

Die Moore Skulptur

Ziel: Ein gut sichtbarer Hinweis auf Henry Moore und seine Skulptur.

Ereignis: Ich kenne die Skulptur von Henry Moore schon lange und habe sie einer Freundin gezeigt. Ich erwartete mir eine gut sichtbare Hinweistafel für dieses Geschenk an Wien.

Sehr geehrter Herr Bezirksvorsteher!

Im April 1978 schenkte der englische Bildhauer Henry Moore der Stadt Wien eine Skulptur, die seither die künstliche Wasseranlage vor der Karlskirche ziert. Die Plastik "Hill Arches" zeichnet sich durch ihre Kurven und Bögen aus. Sie bildet eine harmonische Verbindung zwischen der Karlskirche und dem Karlsplatz.

Ein Besuch vor ein paar Tagen veranlasst mich, Ihnen diesbezüglich zu schreiben. Die Information über Henry Moore ist im Steinufer eingemeißelt und wohl seit 1978 nicht mehr beachtet worden. Sie ist verdreckt, abgewetzt und nicht ersichtlich. Erst nach einem Rundgang um den Brunnen konnte ich mit intensiver Suche das "Ehrenschild" entdecken.

Finden Sie nicht, werter Herr Bezirksvorsteher, dass

1. Henry Moore eine Erwähnung wert ist, nämlich so eine, die man auch lesen kann? Immerhin ist die Skulptur ein Geschenk an die Stadt Wien!

2. Besucher auch wissen dürfen, was es für eine Skulptur ist und von wem?

Ich finde, dass diese Information öffentlich zugänglich sein muss.

Wenn ich hiermit einen kleinen Impuls zur Verbesserung setzen kann, freut es mich!

Mit aufrichtigen Grüßen
Gabriela Obermeir

Ergebnis: Der, in Stein gemeißelte, Hinweis auf Henry Moore wurde zwar sofort gereinigt, jedoch eine gebührende und gut sichtbare Hinweistafel gibt es bis jetzt nicht.

Betreff:

Der Liftausfall

Ziel: Ein benutzbarer Lift in meinem Wohnhaus und die Sensibilisierung der Hausverwaltung in Bezug auf Menschen mit Behinderungen.

Ereignis: Im Haus gab es einen ständigen Liftausfall, der sich auf ein bis zwei Tage beschränkte. Ich wohnte im dritten Stock. Endlich war, nach massiver und wiederholter Aufforderung der Bewohner, eine gründliche Überholung des Liftes geplant.

Sehr geehrter Herr Paul!

Sehr geehrte Frau Paula!

Sehr geehrte Mitarbeiterinnen und

Mitarbeiter der Hausverwaltung!

Mit Verwunderung nehme ich folgenden Aushang der Hausverwaltung in der Liftkabine meines Wohnhauses zur Kenntnis:

Sehr geehrte Liftbenutzer!

An der Aufzugsanlage in diesem Haus werden Modernisierungs- und Reparaturarbeiten durchgeführt. Dafür muss die Aufzugsanlage im Zeitraum vom 26.05. bis zum 06.06. außer Betrieb genommen werden.

Vielen Dank für Ihr Verständnis!

Die Verwunderung bezieht sich vorerst einmal auf die Anrede, denn es gibt auch Liftbenutzerinnen im Haus. Ich zähle mich dazu und bin darüber hinaus auch Rollstuhlfahrerin, die im dritten Stock wohnt. Wenn ich Ihren Aushang ernst nehmen darf, bedeutet dies für mich Folgendes:

Zwei Wochen in meiner Wohnung eingesperrt zu sein.

Zwei Wochen Urlaub von meiner Arbeitsstelle in Anspruch nehmen zu müssen.

Den telefonischen Hinweis von Frau Paula, es gäbe für so wen wie mich irgendwelche Pfleger, die mich hinuntertragen können und damit so Menschen wie ich Zeit haben das zu organisieren, sei der Aushang schon jetzt angebracht (Originalton), bin ich bemüht nicht ernst zu nehmen, denn sonst müsste ich den Hinweis unter Diskriminierung einordnen.

Gerne sensibilisiere ich Sie, werte Mitarbeiterinnen und Mitarbeiter der

Hausverwaltung, in Bezug auf Menschen mit Behinderung in diesem Schreiben, jedoch bin ich bemüht, beim „Kern der Sache" zu bleiben. Sollten Sie aber Interesse an einer Sensibilisierungsschulung haben, wenden Sie sich bitte an den Verein für Selbstbestimmtes Leben, BIZEPS, dessen Mitarbeiterin ich bin.

Nun, Sie konnten keine Rücksicht auf mich nehmen und stellten mich vor vollendete Tatsachen.

Die vermeintlichen Pfleger, die mich mit meinem 120 kg schweren E-Rollstuhl drei Stockwerke über eine alte Biedermeier-Wendeltreppe aus Stein tragen, gibt es nicht. Es bleibt mir nur, Sie an das gesellschaftspolitische Thema „Inklusion von Menschen mit Behinderungen" und an mein dreizehnjähriges Mietverhältnis mit Ihnen zu erinnern. Der Umstand, dass ich auch dieses Jahr, wie jedes Jahr, vier Wochen auf Rehabilitation bin, könnte für beide Teile eine Lösung bringen.

Noch immer positiv denkend gegenüber weiterer Kooperation zwischen der Hausverwaltung und mir, verbleibe ich

mit aufrichtigen Grüßen
Gabriela Obermeir

Ergebnis: Die Modernisierungs- und Reparaturarbeiten wurden während meiner Abwesenheit durchgeführt. Als Beweis des guten Willens, wurde zusätzlich die Haustüre mit automatischem Türöffner ausgestattet.

Betreff:

Reinigungsdiskurs

Ziel: Diskriminierende Äußerungen des Reinigungspersonals zu unterbinden.

Ereignis: Mit meinem neuen Rollstuhl fuhr ich zum ersten Mal auf Rehabilitation in eine Klinik, die ich schon viele Male aufgesucht habe. Der Rollstuhl hatte schwarze Reifen. Das verursachte nach dem Duschen schwarze Spuren in meinem Zimmer.

Sehr geehrte Leitung der Klinik!
Sehr geehrte Damen und Herren!
Sehr geehrter Herr Paul!
Mein Name ist Gabriela Obermeir.
Ich bin seit dem Jahr 2000 Ihr zahlender Gast, Ihre Patientin und Ihre Klientin. Ein kleiner Sturz in meinem Zimmer im

3. Stock letztes Jahr, hat mich dazu veranlasst, meinen Aufenthalt heuer im 2.Stock zu gestalten, da hier ein Pflegepersonal vorhanden ist.
Unabhängig davon, wie oft ich schon Gast in Ihrem Haus war, ist für meine Begriffe folgender Umstand indiskutabel und behindertenfeindlich.

Am dritten Tag meines diesjährigen Aufenthaltes, treffe ich die Reinigungsdamen am Gang vor meinem Zimmer. Offensichtlich waren sie soeben mit der Reinigung meines Zimmers fertig. Schreiender Originalton einer Reinigungsdame: „Des woa des letzte moi, dass i Ihr Zimmer putz! Ka Rollstuhlfahrer mocht so vui Spuren mit´n Rollstuhl wia Sie nach´m Dusch´n. Lassen´s Ihna in an Duschsessel setzen und in die Dusch führen, daun gibt's kann Dreck! In Zukunft wea i verweigern, iha Zimmer zu putzn."

Weder finde ich so eine Art der Kommunikation angebracht, noch finde ich die Forderung gerechtfertigt. Ich lebe ein sehr selbstständiges und selbstbestimmtes Leben mit Persönlicher Assistenz und bin nicht bereit, wegen dem Reinigungstrupp meine Selbstständigkeit zu verlassen. Ich kann mich nämlich noch selbst duschen und pflegen.

Am nächsten Tag finde ich in meinem Zimmer einen Stoß Putzlappen. Nach Aussage einer der Reinigungskräfte, soll ich damit die Räder meines elektrischen Rollstuhls nach dem Duschen putzen. Ich brachte die Lappen unbenutzt zum Stützpunkt. Ab diesem Zeitpunkt wurde mein Bett nicht mehr gemacht und der Duschsessel, auf den ich mich vom Rollstuhl umsetze, wurde immer verkehrt herum in die Dusche gestellt (circa acht Tage).

Diese Abhandlung der Vorkommnisse dient zu Ihrer Information.
Meiner Meinung nach hat das Reinigungspersonal zu reinigen, was zu reinigen ist. Auch die Reifenspuren eines Rollstuhls.
Meiner Meinung nach, steht es dem Reinigungspersonal nicht zu, mich auf diese Art und Weise zu tadeln.
Ich empfinde es als Taktlosigkeit, von mir als langjährige MS-Patientin, zu verlangen, Rollstuhlräder zu putzen. Ganz abgesehen davon, ist es mir rein körperlich gar nicht möglich.

Wie Sie sicherlich wissen, wirkt sich so ein Verhalten des Reinigungspersonals auch auf das Pflegepersonal aus. Ich darf Sie darauf hinweisen: Das Pflegepersonal soll nicht in die Lage kommen, sich für das Reinigungspersonal vor einer Patientin rechtfertigen zu müssen. Während keinem Aufenthalt davor hatte ich Probleme dieser Art.

Ich schreibe dies nicht nur aus eigenem Interesse, sondern auch für alle nachkommenden PatientInnen in dieser Station. Hier bedarf es meiner Meinung nach, einer Sensibilisierung des Reinigungstrupps, bzw. einer neuen Besetzung.

Mit Überzeugung auf weiterhin gute Zusammenarbeit während meines Aufenthaltes, verbleibe ich

16

mit aufrichtigen Grüßen

Gabriela Obermeir

Ergebnis: Die Vorgesetzte des Reinigungstrupps hat sich entschuldigt und die nahende Pension der betreffenden Reinigungsdame zugesichert. Aber, sie legte mir auch nahe, die Reifen des Rollstuhles zu wechseln. Nämlich in graufarbige, die keine Spuren machen. Ansonsten könnte ich den Rehabilitationsaufenthalt nicht mehr in dieser Klinik abhalten.

Anmerkung: Graue Reifen machen auch Spuren, man sieht sie bloß nicht.

Betreff:

Finanzielle Schieflage

Ziel: Kein Selbstbehalt und/oder kein Abzug des Pflegegeldes während eines Rehabilitationsaufenthaltes. Eine Verbesserung dieser Situation für alle Pflegegeld BezieherInnen.

Ereignis: Durch die Einbehaltung des Pflegegeldes für den Zeitraum des Aufenthaltes in einer Rehabilitationsklinik, ist der Überlebenskampf nach Beendigung des Aufenthaltes enorm.

Sehr geehrte Damen und Herren der Sozialversicherung!

Das folgende Anliegen betrifft alle Pflegegeld BezieherInnen.

Mein Einkommen für September beträgt aufgrund Ihrer Einbehaltung des Pflegegeldes € 853,-. Obwohl ich fünf Wochen in der Rehabilitationsklinik verweilte, nahm ich kaum Pflege des ansässigen Pflegepersonals in Anspruch, weil mich immer meine persönlichen Assistentinnen privat begleiten.

Vergessen Sie bitte nicht, dass die Kosten der Grundbedürfnisse während des Aufenthaltes gleichbleiben und für die Zeit des Aufenthaltes ein Selbstbehalt von ca. € 250,- eingefordert wird und dass von Ihnen das gesamte Pflegegeld für die Zeit des Aufenthaltes nicht ausbezahlt wird. Wie jedes Jahr, befindet man sich nach dem Rehabilitationsaufenthalt, in einer finanziellen Schieflage.

Seit es auch in den kleinsten Winkel Österreichs spürbar vorgedrungen ist, dass unser vorbildliches Gesundheitssystem drastische Sparmaßnahmen erfordert, könnte man sich natürlich eine gewisse Nachvollziehbarkeit eingestehen.

Jedoch darf ich aus dem Bundespflegegesetz § 1 zitieren:

„Das Pflegegeld hat den Zweck, in Form eines Beitrages pflegebedingte Mehraufwendungen pauschaliert abzugelten, um pflegebedürftigen Personen soweit wie möglich die notwendige Betreuung und Hilfe zu sichern, sowie die Möglichkeit zu

verbessern, ein selbstbestimmtes,

bedürfnisorientiertes Leben zu führen."

Ich frage Sie jetzt:

„Ist der Selbstbehalt eines

Rehabilitationsaufenthaltes keine

pflegebedingte Mehraufwendung?"

Man staunt und kann sich in diesem Fall

keine Nachvollziehbarkeit eingestehen.

Wird man doch doppelt zu finanziellen

Einbußen für diesen Zeitraum

herangezogen. Zum einen für den

Selbstbehalt und zum anderen für die

Einbehaltung des Pflegegeldes. Und jetzt?

Nach dem Aufenthalt in der Rehaklinik

muss man mit einem Monatseinkommen

inklusive pflegebedingter

Mehraufwendungen von € 853,-

auskommen. Mittlerweile stellt sich immer

öfter die Frage, ob denn diejenigen da

oben, die die Gesetze bestimmen, überhaupt noch einen Bezug haben zum Volk da unten, das nach den Gesetzen leben muss.

Rund 450.000 Pflegegeld BezieherInnen (Hauptverband der Sozialversicherungsträger) fallen in diese tiefe Soziallücke.

Sehr geehrte Damen und Herren der Sozialversicherung, aufgrund dieser Einbehaltung und der Zahlungsaufforderung des Selbstbehaltes im September muss ich weit unter der Armutsgrenze leben. Sollten Sie einen "Sozialtopf" in Ihrer Institution haben, wovon ich ausgehe, ersuche ich Sie eindringlich mich zu berücksichtigen! Damit ich weiß, warum Österreich ein Sozialstaat ist!

Mit aufrichtigen Grüßen

Gabriela Obermeir

_____

Ergebnis: Ohne Erfolg, keine Antwort.

Betreff:

Ein offener Brief an eine Plattform

Ziel: Das Löschen meines Accounts auf einer Plattform zu begründen.

Ereignis: Wird im Brief dargelegt.

Sehr geehrte Admins!

Es geht nicht darum, ob ich zufrieden bin und auch nicht ob die Plattform es ist. Es geht darum, dass hier Meinungsäußerungen zugelassen werden, die in der heutigen Gesellschaft nicht zuträglich sind, um nicht zu sagen, keinen Platz haben dürfen! Und zwar deshalb, weil sie gegen die Würde des Menschen sprechen. Es sind reaktionäre und diskriminierende Meinungsäußerungen, die ganze Menschengruppen betreffen.

Zur Erklärung möchte ich daran erinnern, wie oft ich wegen meiner Behinderung auf dieser Plattform diskriminiert worden bin. Trotzdem hat sich die Plattform nicht positioniert und es zugelassen, beziehungsweise ihr Spielfeld dafür zugänglich gemacht.

Nein, die „ Gegenseite" bekommt von mir keine Berücksichtigung, wie dies von der Plattform gewünscht wird, weil sie keine Berücksichtigung bekommen darf!

Jemand wie Frau Paula schreibt diskriminierende Beiträge und Kommentare, welche die Plattform sogar ab und an als Tagesthema wählt. Und das kann ich nicht nur als „ Fehler" der Admins relativierend betrachten, wie es ebenfalls gewünscht wird.

Es geht darum, dass die Freiheit der Äußerung einer Meinung dort aufhört, wo sie das Menschenrecht missachtet. Meinungsäußerungsfreiheit ist in der Menschenrechtskonvention verankert, genauso wie die Würde eines Menschen. Ich finde es durchaus zuträglich, Beiträge über Leute zu schreiben, die permanent die Würde des Menschen verletzen und ganze Menschengruppen diskriminieren. Beiträge von Frau Paula öffentlich zu machen, wirft ein schlechtes Licht auf die Plattform. Ein schlechtes, rechtes Licht. Die Meinungsäußerungsfreiheit muss man verstehen, um so eine Plattform führen zu können. Mit Aufrichtigkeit bin ich der Meinung, diese Plattform versteht sie nicht. Denn, zurück bleibt nach dem willkürlichen Löschen von Beiträgen und dem diktatorischen Schließen von Diskussionen, ein Spielfeld für Identitäre und AfDler, während die Humanität und

Weltoffenheit sich immer mehr zurückziehen.

Mit aufrichtigen Grüßen
Gabriela Obermeir

Ergebnis: Keine Reaktion und Löschen meines Accounts.

Betreff:

Besserung ja oder nein?

Ziel: Die Sensibilisierung und das Überdenken zweier Ablehnungen.

Ereignis: Zwei Anträge wurden innerhalb kurzer Zeit mit unterschiedlicher Einschätzung des Gesundheitszustandes abgelehnt.

Sehr geehrte Damen und Herren der Sozialversicherung!

In Ihrem Schreiben vom 08.09. lehnen Sie meinen Antrag vom 15.06. auf Heilverfahren mit folgender Begründung ab:

„Auf Grund der vorliegenden medizinischen Unterlagen wurde festgestellt, dass eine anhaltende Besserung des dem Antrag zugrunde

liegenden Krankheitsbildes nicht erreicht

werden kann."

Vor kurzer Zeit erhielt ich von Ihnen einen Bescheid über die Befristung der Pflegestufe mit folgender Begründung:

„Auf Grund der vorliegenden medizinischen Unterlagen, wird die Pflegestufe 4 befristet zuerkannt, da eine Besserung oder Rückbildung der Symptome des dem Antrag zugrunde liegenden Krankheitsbildes zu erwarten ist."

Hier drängt sich die Frage auf nach welchen Kriterien Sie, werte Damen und Herren der Sozialversicherung, Ihre Ablehnungen, bzw. Befristungen begründen. Vielleicht Willkür? Oder persönliche Befindlichkeit? Mich interessiert, ob mein Krankheitsbild in Ihren Augen eine Besserung erwarten lässt oder nicht! Wenn ja, bitte ich Sie, mich an Ihrem Wissen über Besserung oder sogar Heilung von chronischer Multipler Sklerose teilhaben zu lassen! Ich halte zum wiederholten Male fest: Seit 1980 ist bei mir Multiple Sklerose diagnostiziert. Vor ca. 15 Jahren ist der Verlauf in eine sekundär progrediente Form übergegangen. Ich bin überzeugt, dass Ihre Chefärztinnen und Chefärzte wissen, was das bedeutet!

Selbst wenn Ihre Begründungen mittels Computervorlage verfasst sind, täten Sie als Sozialversicherung besser daran, sich kurz über die einzelnen Krankheitsfälle der Versicherten zu informieren, bevor Sie so paradoxe, unwahre und unfundierte Begründungen ausschicken.
Noch kurz zu meinem Antrag auf

Heilverfahren, welches für das zugrunde liegende Krankheitsbild äußerst notwendig ist.

Noch einmal betone ich, dass mein Verlauf der Multiplen Sklerose chronisch ist. Aus allseits bekannten Gründen gibt es keine Heilung.

ABER: Ein Heilverfahren einmal jährlich trägt massiv dazu bei, den Ist-Zustand zu erhalten und KEINE Verschlechterung herbeizuführen.

In Erwartung, dass Sie Ihre Entscheidung und in Zukunft Ihre Ablehnungsgründe genauer hinterfragen, verbleibe ich

mit aufrichtigen Grüßen

Gabriela Obermeir

Ergebnis: Dem Heilverfahren wurde nachträglich zugestimmt. Die Befristung der Pflegestufe blieb noch ein halbes Jahr aufrecht und wurde dann in unbefristet umgewandelt.

Betreff:

Das barrierefreie Hotelzimmer

Ziel: Eine Refundierung der Hotelrechnung und eine Sensibilisierung des Hotelpersonals.

Ereignis: Für den einwöchigen Aufenthalt in Graz, buchte ich ein barrierefreies Zimmer in einer namhaften Hotelkette.

Sehr geehrte Damen und Herren der Rezeption!

Sehr geehrter Herr Direktor des Hotels!

Mein Name ist Gabriela Obermeir. Ich bin Rollstuhlfahrerin.

Anfang Februar erkundigte ich mich telefonisch bei Ihnen bezüglich eines rollstuhlgerechten, barrierefreien Doppelzimmers. Da dies von Ihrer Seite in

Graz bejaht wurde, reservierte ich ein solches für die Zeit von

02.03. - 07.03. Mein Aufenthalt war ausschließlich aufgrund einer Teilnahme an einem Seminar und ich wollte unter keinen Umständen Schwierigkeiten bezüglich der Unterkunft haben.

Am 02.03. um circa 16 Uhr meldete ich meine Tochter und mich für das reservierte, barrierefreie und rollstuhlgerechte Doppelzimmer bei Ihrer Rezeption an. Darüber hinaus bezahlte ich im Voraus sofort bei der Ankunft.

Das Zimmer 148 war äußerst klein. Ebenso das "Doppelbett" mit einer Breite von 120 cm. Auf dem Polstermöbelbett lag eine circa 8 cm hohe Schaumstoffmatratze, die zu beiden Seiten über das Polsterbett hinausragte, um ungefähr auf eine Breite von 140 cm zu kommen.

Das "Doppelbett" mit 120 cm Breite, ist wohl das kleinste Doppelbett, das ich je benutzen musste.

Um 3 Uhr früh der ersten Nacht fiel ich wegen der Schaumgummiverlängerung aus dem Bett und schlug mit dem Kopf voraus auf das Nachtkästchen. Hierbei zog ich mir eine Beule mit Schürfwunde an der rechten Augenbraue zu und einen, durch den Aufprall sehr schmerzenden Schneidezahn, der mich während des gesamten Aufenthaltes in Graz nicht schmerzfrei essen ließ.

Ab circa 5 Uhr Früh verbrachte ich den Rest der Nacht in meinem Rollstuhl. Natürlich fuhr ich in der Früh sofort zur

Rezeption und teilte mich mit. Ich bekam daraufhin zusätzlich das Zimmer 150 für meine Tochter, die mich als Persönliche Assistentin begleitete.

In weiterer Folge fuhr ich im Badezimmer mit dem Rollstuhl auf den Duschvorhang und die Duschstange (nur eingeklemmt, nicht angeschraubt!) fiel mir auf den Kopf.

Darüber hinaus wurde das linke Blinklicht meines Rollstuhls bei einem Wendeversuch komplett ruiniert, weil kein Wendekreis im Zimmer gegeben war.
Ich möchte Ihnen nicht erklären müssen, was ein barrierefreies, rollstuhlgerechtes Zimmer ist. Auch wenn Sie von "barrierearm" im Zuge Ihres Internetauftrittes sprechen, haben Sie mir am 02.03. durch meine Vorauszahlung und vorangegangener telefonischer

Zusicherung, ein barrierefreies, rollstuhlgerechtes Doppelbettzimmer verkauft und den Vertrag nicht eingehalten. Leider war es mir aufgrund, des zu absolvierenden Seminars nicht möglich meine Verletzungen ärztlich behandeln zu lassen. Der leidliche Umstand der schlechten Unterbringung beeinträchtigte meine körperliche Verfassung enorm und das Seminar war für mich dadurch äußerst anstrengend.

Natürlich können Sie nicht wissen, was ich für persönliche Bedürfnisse habe. Aber die Grundvoraussetzungen für ein barrierefreies, rollstuhlgerechtes Doppelzimmer sollten Sie wohl erfüllen können, wenn Sie es mir so anbieten. Die Aussage Ihrer Rezeptionistin „ich weiß ja nicht, was Sie brauchen!", finde ich äußerst unprofessionell und kundendesorientiert.

Aus folgenden Gründen:

1. Eine Entschuldigung wäre bei mir besser angekommen, wurde aber kein einziges Mal bis zu meiner Abreise ausgesprochen.

2. Wenn Sie beim Bauen der Zimmer "Expertinnen oder Experten in eigener Sache" (Menschen, die mit Rollstuhl leben) befragt hätten, würden die Zimmer den Anforderungen entsprechen.

Es wurde mir seitens der Rezeption ein Gespräch mit dem Direktor des Hotels für Freitag, den 07.03. zwischen 14 und 15 Uhr zugesagt. Dieses kam jedoch nicht zustande, denn wie mir mitgeteilt wurde, war der Direktor durch einen plötzlichen

Zahnarztbesuch verhindert.

In Zeiten, in denen Begriffe wie "Barrierefreiheit", "Diskriminierung" und "Inklusion" zum gesellschaftspolitischen Thema geworden sind, finde ich diese Angelegenheit und den Umgang damit, seitens Ihres Hotelpersonals sehr bedenklich, um nicht zu sagen inakzeptabel.

Für eine große Hotelkette sollten die oben genannten Begriffe keine Fremdwörter sein und die Sensibilisierung gegenüber Menschen mit Behinderung sollte bereits bei der ganzen Belegschaft stattgefunden haben.
Ich gehe davon aus, dass Sie sich bei mir in irgendeiner Form entschuldigen und mich entschädigen wollen!

Mit aufrichtigen Grüßen

Gabriela Obermeir

Ergebnis: Der Hoteldirektor schrieb ein langes Entschuldigungsmail und refundierte mir zwei der fünf Übernachtungen.

Betreff:

Ausländerbeschäftigung

Ziel: Sensibilisierung und bestenfalls das Angestelltenverhältnis ändern in einen Freien Dienstvertrag.
Ereignis: Herr Paul ist Student aus dem Iran. Er hat sich bei mir als Persönlicher Assistent beworben. Ausländische Studenten dürfen in Österreich nur im Angestelltenverhältnis und nur bis zur Geringfügigkeitsgrenze verdienen.

Sehr geehrte Damen und Herren des Arbeitsmarktservices!
Ich, Gabriela Obermeir, ziehe hiermit meinen Antrag auf Beschäftigungsbewilligung für Herrn Paul

zurück. Obwohl ich Herrn Paul äußerst gerne als Persönlichen Assistenten eingesetzt hätte, ist mir dies aufgrund der Gesetzeslage nicht möglich. Persönliche Assistenz wird in meinem Privathaushalt aufgrund der unregelmäßigen Stunden mit einem Freien Dienstvertrag beschäftigt. Laut Aussage von Frau Paula ist das für Herrn Paul nur in einem Angestelltenverhältnis möglich.

Ich möchte betonen, dass Herr Paul ein intelligenter, integrationsfreudiger, arbeitswilliger und emphatischer Mensch ist. Es tut mir leid, dass die Gesetzeslage den Integrationsweg für ihn so erschwert!

Ich bedanke mich für Ihren Verwaltungsaufwand und Ihre Aufmerksamkeit!

Mit aufrichtigen Grüßen

Gabriela Obermeir

Ergebnis: Ohne Antwort, ohne Erfolg.

Betreff:

Belvedere

Ziel: Ein barrierefreier Zugang zum
Unteren und zum Oberen Belvedere.
Sensibilisierung der MitarbeiterInnen und
Mitarbeiter des Belvederes, die nicht auf
den schwierigen Zugang hingewiesen
haben.
Ereignis: Ein Besuch mit dem Rollstuhl
scheiterte, obwohl die Tickets schon
gelöst wurden.

Werte Damen und Herren!
Werte Verantwortliche!
Mein Name ist Gabriela Obermeir.
Am 18.05. gegen 15 Uhr kaufte mein
Assistent im Ticketshop, beim Oberen
Belvedere, zwei Karten für eine
Ausstellung im Unteren Belvedere.

Im Kaufpreis (€ 6,-) wurde eine Ermäßigung für Menschen mit Behinderungen und deren Begleitperson berücksichtigt. Also war Ihnen die Anwesenheit einer Rollstuhlfahrerin bekannt.

Den ersten Versuch, durch den Schlossgarten zum Unteren Belvedere zu gelangen, mussten mein Assistent und ich, auf Grund der zu hohen Steigung, abbrechen. Beim zweiten Versuch, das Untere Belvedere über die Prinz-Eugen-Straße zu erreichen, sind wir ebenfalls gescheitert und fanden keinen Eingang.

Übrig bleiben zwei unbenutzte Eintrittskarten und ein anstrengender und verpatzter Nachmittag.
Man hätte im Ticketshop Informationen

erteilen müssen, wie ein Zugang zum Unteren Belvedere mit elektrischem Rollstuhl bewältigbar ist!

Im Zuge des derzeitigen Paradigmenwechsels in der Gesellschaft, hin zur Gleichstellung von Menschen mit Behinderungen, erscheint mir dieses Erlebnis in einem öffentlichen Gebäude äußerst prekär!
Die Eintrittskarten von gestern sind wohl verfallen. Vielleicht fällt Ihnen eine Entschädigung ein.

Mit aufrichtigen Grüßen
Gabriela Obermeir

Ergebnis: Ein kurzes Entschuldigungsschreiben und freier Eintritt für die nächste Ausstellung.

Betreff:

Wasserschaden I

Ziel: Beendigung der Bauarbeiten und eine Sensibilisierung der Hausverwaltung über die unerträglichen Zustände in meiner Wohnung.

Ereignis: Im Laufe meines jahrzehntelangen Mietverhältnisses lebte ich drei Jahre in immer wiederkehrenden „baustellen-ähnlichen" Zuständen, wegen eines Sanierungsfehlers der Wohnbaugesellschaft..

Sehr geehrte Damen und Herren!

Sehr geehrte Mitarbeiter und Mitarbeiterinnen der Wohnbaugesellschaft!

Ich beziehe mich auf meine Mail vom 21.03., auf die ich keine schriftliche Antwort bekam. In weiterer Folge telefonierte ich mit Herrn Paul. Laut seiner Auskunft liegt mein Akt bei der geschätzten Versicherung der Wohnbaugesellschaft.

Ich gehe davon aus, dass Sie den Verlauf dieser unerfreulichen Angelegenheit genauestens protokolliert haben.

☆ Tatsache ist, dass sich nicht meine Dusche, sondern ein defektes Heizungsrohr im Boden als Ursache herausstellte.

☆ Tatsache ist, dass meine Dusche entfernt wurde und sich mein Badezimmer für einen gehörigen Zeitraum als Baustelle darstellte.

☆ Tatsache ist, dass ich mehrere Tage die

Heizung auf höchster Stufe und bei geöffnetem Fenster verwenden musste, um erträglich wohnen zu können.

☆ Tatsache ist, dass erst fünf Wochen später von der Fa. „Badewasser" die Dusche versilikoniert und ein gebrochenes Teil ausgetauscht wurde.

Sie werden sicherlich meiner Meinung sein, dass diese Umstände über zwei Monate in keinem Verhältnis zu der vorgeschriebenen Miete stehen.

Außerdem möchte ich Sie darauf hinweisen, dass es für mich als Rollstuhlfahrerin eine unheimliche Herausforderung ist, mich in baustellen-ähnlichen Zuständen zu pflegen und zu waschen.

Ich erwarte mir von Ihnen eine schriftliche Stellungnahme und möchte nicht, dass Sie mich zum wiederholten Male mit der Aussage: „Das liegt bei der Versicherung" vertrösten. Als Hausverwalter ist dies in Ihrem Verantwortungsbereich.

Ich verbleibe positiv denkend gegenüber weiterer Kooperation zwischen der Wohnbaugesellschaft und mir.

Mit aufrichtigen Grüßen
Gabriela Obermeir

Ergebnis: Ohne Antwort.

Betreff:

Wasserschaden II

Ziel: Eine angemessene Entschädigung.

Ereignis: Es spricht der Brief für sich.

Sehr geehrte Frau Paula!

Leider ist es nicht möglich, dass Sie mein aufgestemmtes Badezimmer besichtigen können, aber gerne schicke ich ein Foto im Anhang.

Seit 25.11.2013 (an diesem Tag kam die Mieterin aus dem 2. Stock zu mir und klagte über Wasser an ihrer Decke im Badezimmer), ist der Wohnbaugesellschaft der Wasserschaden im Haus bekannt. Im Laufe der folgenden zwei Jahre versuchte die Wohnbaugesellschaft den

Wasserschaden in meiner Wohnung mit folgenden Mitteln zu finden:

1. Entfernung meiner neu installierten, barrierefreien Dusche
(Dies dauerte bis März 2014)
2. Entfernung einer meiner Küchenzeilen
3. Entfernung der WC-Anlage
In all diesen Monaten fiel ständig der Druck in meiner, 2013 neu installierten, Therme ab. Was dies bedeutet, erspare ich mir detailliert zu erwähnen (Heizungsausfall, Warmwasserausfall). Immer wurde die Hauptursache an meiner Dusche, bzw. an der Installation, sowie an einem undichten Wasserrohr hinter meiner Küchenzeile und auch in der WC-Anlage gesucht.
Wie sich heute, 11.04.2016, herausstellte, ist die Ursache eine ganz andere.
Nämlich, das verrostete und extrem

schadhafte Heizungsrohr im Boden. Und hier spreche ich nicht von einem kleinen Loch, sondern von einem zwei Zentimeter langen Riss (im Heizungsrohr).

Es kann davon ausgegangen werden, dass die seinerzeitige Entfernung der Dusche, der Küchenzeile und der WC-Anlage völlig umsonst waren. Sie können sicher nachvollziehen, was jetzt in mir vorgeht!

Diese ganze Wassergeschichte zwang mich seit 2013 in äußerst beschwerliche Umstände, um nicht zu sagen Zustände. Wie etwa: Im Rollstuhl beim Waschbecken auf dem Estrich die Morgentoilette erledigen, tagelang keine Duschmöglichkeit, immer wieder Arbeiter in der Wohnung, Schmutz, Lärm … und vieles mehr.

Es geht jetzt darum, sehr geehrte Frau Paula, dass ich finanziell entschädigt werde. In meiner monatlichen Miete von € 920,50 sind € 429,52 als Rückzahlung für die Haussanierung enthalten. Da die Sanierung in meinem Wohnbereich offensichtlich massive Mängel in den letzten Jahren aufweist, verlange ich folgende Entschädigung:

Monatlich € 400.- rückwirkend von Dezember 2013 bis April 2016. Das sind 29 Monate und ergibt einen Betrag von € 11.600.-.

Um weiterhin eine gute Zusammenarbeit sicherzustellen, gehe ich davon aus, dass die Wohnbaugesellschaft meiner Forderung zustimmt.

Mit aufrichtigen Grüßen
Gabriela Obermeir

Ergebnis: Ich konnte eine Entschädigung von drei Monatsmieten geltend machen, die jedoch bei Weitem in keinem Verhältnis zum mir zugefügten Schaden stand und meiner Forderung nicht gerecht wurde.

Betreff:

Barrierefreier Wohnbezirk

Ziel: Eine barrierefreie Wohngegend.
Ereignis: Mit dem Rollstuhl in der neuen
Wohngegend unterwegs motivierten mich
die vielen Barrieren zu diesem Schreiben.

Sehr geehrter Herr Bezirksvorsteher!
Mein Name ist Gabriela Obermeir. Ich bin
Rollstuhlfahrerin und „Selbstbestimmte
Expertin in eigener Sache" in Bezug auf
Behinderungen und den dazugehörigen
Rechten.
Vor Kurzem bin ich in diese schöne
Gegend, nahe der Donau, gezogen.
Ich genieße diesen wunderschönen Platz.
Er wird der Ort meines Lebensabends
sein. Ich bin 1960 geboren und werde
sicher nicht mehr hier wegziehen.

Mit großem Interesse habe ich in der Bezirkszeitung den Beitrag über 21 Projekte gelesen. Es hat mich die genaue Offenlegung und Transparenz der geplanten Projekte und das dafür vorgesehenen Budget positiv überrascht.

Menschen mit Behinderungen sind in den letzten Jahren vermehrt zum Thema geworden und aus dem gesellschaftlichen Fokus nicht mehr wegzudenken. Das, am 1.1.2006 in Kraft getretene Gleichstellungsgesetz, die Inklusion und die dazugehörende Barrierefreiheit spiegeln sich seither in den Medien wider. Umso mehr verwunderte mich, dass Barrierefreiheit nicht unter den 21 Projekten berücksichtigt wurde. Viel unterwegs mit dem elektrischen Rollstuhl, stelle ich immer wieder und noch immer mangelnde Umsetzung an verschiedensten Orten fest.

Zum Beispiel der Platz vor dem Bahnhof: Von der Sozialversicherung kommend, muss ich Schienen und Gehsteige überwinden, um dorthin zu gelangen. Generell bin ich der Meinung, dieser Platz gehört von Grund auf neu und barrierefrei präsentiert. Aber dies ist nur ein Beispiel. Barrierefreiheit beginnt im Kopf. Wenn man sein Augenmerk auf Barrierefreiheit legt, wird man schnell erkennen, wie und wo Barrierefreiheit zum Tragen kommen soll und muss. In einem Bezirk mit Lebensqualität und zum Wohlfühlen ist Barrierefreiheit nicht wegzudenken!

Es ist ein vorbildlicher Fortschritt, wenn diese Gegend mehr Augenmerk darauflegt!

In diesem Sinne bedanke ich mich recht herzlich für Ihre geschätzte Aufmerksamkeit und freue mich, wenn ich ein wenig Anregung für diese Thematik bringen konnte.

Mit aufrichtigen Grüßen
Gabriela Obermeir

Ergebnis: Der Herr Bezirksvorsteher reagierte mit einem äußerst ausführlichen Schreiben und lud mich zu einem Gespräch ein. Wir vereinbarten einen Termin, an dem wir gemeinsam unterwegs waren und ich ihm die prekären Stellen in meiner Wohngegend zeigte. Das wurde dann teilweise barrierefrei umgebaut.

Betreff:

Rollstuhlwerkstatt

Ziel: Die Rückgabe meines reparierten Rollstuhles.

Ereignis: Wird im Brief genau dargelegt.

Guten Tag Herr Werkstättenleiter!

Das sollten Sie nicht tun, Herr Werkstättenleiter! Fangen Sie jetzt bitte nicht an, sich in irgendwelche Rechtfertigungen zu verlaufen! Denn, es gibt keine. Es mag Gründe geben, wie persönliche Befindlichkeiten, Wirtschaftlichkeit und Personalpolitik, aber es gibt keine Rechtfertigung für das wochenlange Behindern von Mobilität und Lebensqualität!

Vorgeschichte: Die Firma „Heilbehelfe" ist eine Firma, die, unter viel anderem,

Rollstühle (Service und Reparatur inbegriffen) an die Sozialversicherung verkauft. Die Kunden der Sozialversicherung und in weiterer Folge die Kunden der Firma „Heilbehelfe" sind ausschließlich Menschen mit Behinderungen und/oder einer schweren Erkrankung. Zusatz: Menschen im Rollstuhl haben nicht zwingend auch eine geistige Behinderung.

Fakten und Vorgang:
Am 08.09. wird der Otto Bock 500 S bei mir zur Reparatur von der Firma „Heilbehelfe" abgeholt.
Der Rollstuhl ist funktions- und fahrtüchtig. Lediglich die elektronische Steuerung hatte durch einen Regen(Wasser)-Schaden einen kleinen Defekt. Nämlich, der linke Blinker schaltete sich beim

Hochfahren selbst ein und konnte nur durch die Betätigung des Alarm-Blink-Schalters deaktiviert werden. Dies hielt ich in einem Schreiben fest, das ich dem Fahrer bei der Abholung mitgab.

In den nächsten zwei folgenden Wochen wurde ich von Ihnen am Telefon immer vertröstet. Der Rollstuhl konnte noch nicht begutachtet werden. Hierzu zählen Aussagen von Ihnen wie: "Es ist die Hölle los.", " Manche warten schon zwei (!!) Wochen auf ihren Rollstuhl" oder "Ich habe nur zwei Hände".

In der dritten Woche wurde von Ihnen ein Kostenvoranschlag für die Reparatur an die Sozialversicherung geschickt. Da der Kostenvoranschlag eine sehr hohe Summe aufwies, wurde von mir eine Stellungnahme über den Regen-Schaden verlangt, die ich persönlich zu Frau Paula brachte. Sie vermittelte mir, der Kostenvoranschlag sei zu hoch und warum die Sozialversicherung eine komplett neue Steuerung bezahlen soll, wenn nur das linke Blinklicht defekt ist.

Ist-Zustand:
Nach Ihren Aussagen mussten Sie, um die Reparatur vorzunehmen, ein selten gebrauchtes Teil bestellen, das erst in den kommenden drei Wochen bei Ihnen einlangt.

So, Herr Werkstättenleiter, das ist mein Gedächtnisprotokoll. Und jetzt habe ich folgende Fragen: Warum holen Sie den Rollstuhl nicht dann ab, wenn Sie auch Zeit für die Reparatur haben? Der Rollstuhl war fahrtüchtig!! Warum muss schon zum zweiten Mal bei diesem (meinem) Rollstuhl ein selten gebrauchtes Teil bestellt werden?

Warum wird so ein teurer Kostenvoranschlag an die Sozialversicherung geschickt, wo doch schon der Achsbruch (von dem ich übrigens nichts merkte …) vor einem Jahr sehr viel kostete?

Warum wurde der Kostenvoranschlag erst in der dritten Woche an die Sozialversicherung geschickt?

Ich verlange, mich ernst zu nehmen. Wie schon erwähnt möchte ich den Rollstuhl nach Fertigstellung der Reparatur von einem, von mir organisierten, Fahrtendienst abholen lassen, weil die Erfahrung zeigt, dass er sonst wieder tagelang bei Ihnen rumsteht.

In diesem Sinne hoffe ich, mich gebührend erklärt zu haben und rechne mit Ihrer Nachricht, zwecks Abholung meinerseits, in der 41. Kalenderwoche. Den wochenlangen Verlust von Mobilität und der daraus folgenden Lebensqualität kann die Firma Heilbehelfe mir nicht entschädigen.

Mit aufrichtigen Grüßen
Gabriela Obermeir

Ergebnis: Ich bekam den Rollstuhl nach fünf Wochen in der 41. Kalenderwoche zurück.

Betreff:

Defekt nach Reparatur

Ziel: Ein reparierter und fahrtüchtiger
Elektro-Rollstuhl.

Ereignis: Nach fünf Wochen bekam ich
meinen Elektrorollstuhl von der Reparatur
zurück, aber die Sitzposition war falsch
eingestellt.

Sehr geehrte Geschäftsleitung!

Guten Abend, Frau Paula!

Am 29. August hat die Firma Heilbehelfe
den reparaturbedürftigen, jedoch
fahrtüchtigen, Otto Bock 500S Rollstuhl
mit einer, von mir erstellten,
Schadensliste, zur Reparatur
entgegengenommen. Am 5. Oktober
durfte ich den "fertigen" Rollstuhl bei Ihnen
abholen lassen. Nach 40 Tagen

Reparaturzeit und des, damit verbundenen, Mobilitätsverlustes, benutze ich den Rollstuhl jetzt seit etwa einer Woche und wundere mich über die äußerst schlechte Sitzqualität und Handlungsfreiheit meiner Arme.

Anstatt dies meinen progredienten Körperverhältnissen zuzuschreiben, bemerkte ich gestern, mit Hilfe eines befreundeten Technikers, dass die elektrischen Fußstützen zu eng an die Steuerung montiert wurden und ich dadurch mit meiner rechten Hand und meinem rechten Arm keine Bewegungsfreiheit habe, um die Steuerung korrekt und schmerzlos bedienen zu können. Von einer ergonomischen, meinen Gegebenheiten angepassten, Sitzqualität ist keine Rede. Im Gegenteil! Jede Benutzung des Rollstuhls ist verbunden mit Verkrampfungen meiner rechten Körperhälfte!

Ich rechne mit Ihrer schriftlichen Stellungnahme und der Bekanntgabe eines Termines bei mir zu Hause noch diese Woche, um diesen leidigen Umstand zu berichtigen und die Fußstützen und Steuerung korrekt anzubringen. Ansonsten sehe ich mich gezwungen, die Vorgehensweise und den Umgang der Firma Heilbehelfe gegenüber Menschen mit Behinderungen und schweren Erkrankungen öffentlich darzulegen und den Konsumentenschutz einzuschalten.

Mit aufrichtigen Grüßen

Gabriela Obermeir

P.S. Jammerschade, dass dies alles nicht

in Amerika passiert, denn die

Schadenssumme, welche die Firma

Heilbehelfe an mich leisten müsste, wäre

unter Umständen enorm.

Ergebnis: Am nächsten Tag kam der Herr

Werkstättenleiter zu mir nach Hause und

stellte den Rollstuhl richtig ein.

Betreff:

Ein Manifest

Ziel: Ausstieg aus dem Verein

Ereignis: 2015 gab es am Heldenplatz eine Großveranstaltung "Voices for Refugees". Es sollte ein Ausdruck der Solidarität gegenüber den Menschen sein, die wegen dem Krieg in Syrien nach Österreich gekommen sind.

Rund 250.000 Menschen nahmen daran teil. Auf der Bühne waren viele Redner aus verschiedensten Organisationen, ein paar Musiker und Bands und noch so einiges. Organisiert wurde diese Veranstaltung von der Volkshilfe. Jedoch machte sich niemand aus der Behindertenbewegung stark für die Flüchtenden mit Behinderungen. Ich schrieb darauf ein "Manifest" zur Situation in leicht verständlicher Sprache an viele Vereine, Organisationen und auch an alle politischen Parteien. Unter den Behindertenvereinen gab es diesbezüglich eine große Aufregung.

Sehr geehrte Aktivistinnen und Aktivisten! Ich sehe mich veranlasst, etwas richtig zu stellen:

Ich habe nie darum gebeten, das von mir verfasste Manifest, zur Situation der Flüchtenden aus Syrien, auf eurer Website zu veröffentlichen. Ich habe es lediglich zur Information geschickt. Es ist mein Wunsch aus diesem Verein auszutreten, da meine Ziele offensichtlich nicht eure Ziele sind.

Ich bin der Meinung, dass in Notsituationen Solidarität nicht wegzudenken ist. Es ist wichtig, dass es Menschen mit Behinderungen gibt, die sich für Barrierefreiheit einsetzen.

Es ist wichtig, dass es Vereine, Organisationen und den Dachverband gibt, um ein gleichwertiges Leben für Menschen mit Behinderungen in Österreich zu gewährleisten. Es ist jedoch auch wichtig, dass diese Vereine gemeinsam auftreten und sich für andere und anderes interessieren und nicht immer nur die eigene Situation in den Vordergrund stellen.

Weder Vereine noch Organisationen, noch der Dachverband für und von Menschen mit Behinderungen haben sich auf der Bühne am Heldenplatz für Flüchtende mit Behinderungen aus dem Kriegsgebiet stark gemacht und Solidarität gezeigt.

Das Manifest ist ein Ruf in die Gesellschaft, um auf die Situation von Menschen aus dem Kriegsgebiet aufmerksam zu machen.

Mit aufrichtigen Grüßen
Gabriela Obermeir
www.manifest7.webnode.at

Ergebnis: Keine Antwort und Austritt aus dem Verein.

Betreff:

Podiumsdiskussion

Ziel: Sensibilisierung des, zu dieser Zeit amtshabenden, Behindertensprechers der ÖVP.

Ereignis: Briefwechsel mit dem damaligen Behindertensprecher der ÖVP nach der Podiumsdiskussion „Im Rollstuhl nach Europa". Diese Diskussion wurde abgehalten bezüglich der syrischen Flüchtenden im Jahr 2015. Die Flüchtenden waren bereits zu Hunderten am Westbahnhof.

Sehr geehrter ÖVP -Sprecher für Menschen mit Behinderungen!
Sehr geehrter Herr Dr. Paul!

Es ist mir ein Bedürfnis.

Es ist mir wahrlich ein Bedürfnis Sie, werter Herr Dr. Paul, aufmerksam zu machen.

Sie sind mir vor ca. einem Jahr mit einem Text auf der Homepage eines Vereines für Selbstbestimmt Leben aufgefallen. Das heißt nicht, Sie wären mir vorher kein Begriff gewesen. Ihr Text jedoch, hat mich stutzig gemacht, bis hin zum Kopfschütteln. Es ging um die „Rollmöpse" am Berliner Flughafen. Erinnern Sie sich?! Sie betitelten Ihren Text, um es dezent auszudrücken, für meine Begriffe fragwürdig: „Mehr Rollmopsgefühl in der Behindertenpolitik". Ohne jetzt näher auf diese Angelegenheit einzugehen, bin ich überzeugt, Österreich brauche kein „Rollmopsgefühl". Österreich braucht einen Tritt in den Arsch, was nicht nur die Behindertenpolitik betrifft. Von der Metapher „Rollmops" will ich gar nicht sprechen.

In diesen Tagen haben Sie mich wieder stutzig gemacht und zwar bei der Podiumsdiskussion „Im Rollstuhl nach Europa". Ja, ich bin stutzig darüber, mit welcher Nonchalance, Sie, bzw. Ihre Partei, 700 barrierefreie Plätze in Unterkünften erhoffen (O-Ton Dr. Paul). Ich erlaube mir, Sie auf den Nationalen Aktionsplan aufmerksam zu machen. Diese Plätze sind dort schon seit 2012 festgelegt, aber nicht umgesetzt. Ich darf zitieren: " ... sollen für die Zielgruppe der Sonderbetreuungsbedürftigen bundesweit bis zu 700 Unterbringungsplätze geschaffen werden.".

Wenn Sie und Ihre Partei erst über die 700 Plätze zu hoffen beginnen, braucht Österreich in absehbarer Zeit nicht mit Ihrer Unterstützung zur Umsetzung rechnen. So viel ist klar.

Weiters stellen Sie bei der Podiumsdiskussion in Frage: „ ... dass Behinderungen bei Flüchtlingen so abzusehen waren". (Originalton Dr. Paul). Es ist mir nicht nachvollziehbar, wo Sie, werter Herr Dr. Paul, bis jetzt in Ihrem Leben hingeschaut haben. Denn, dass Kriegsflüchtende mitunter mit Behinderungen kommen, zählt nahezu zum Hausverstand. Und dass, die ÖVP „Pläne hat", die auch bei Flüchtenden umgesetzt werden sollen (Originalton Dr. Paul), kann nicht ernst genommen werden.

Wie viele Pläne braucht Österreich? Wie lange arbeitet die ÖVP an Plänen und hofft auf deren Umsetzung?

Mit aufrichtigen Grüßen
Gabriela Obermeir

Ergebnis: Eine lange Antwort von Herrn Dr. Paul in der er bemüht ist, meine Aufregung zu besänftigen. Sonst passierte rein gar nichts.

Betreff:

Ein Gymnasium in Knittelfeld

Ziel: Sensibilisierung des Schuldirektors in Bezug auf Menschen mit Behinderungen.
Ereignis: In der Kleinen Zeitung las ich einen Text über die Unmöglichkeit eines rollstuhlfahrenden Schülers in sein Klassenzimmer zu kommen, trotz kürzlichem Umbau des Gymnasiums.

Guten Tag Herr Direktor!
„Niemand darf wegen seiner Behinderung benachteiligt werden. Die Republik (Bund, Länder, Gemeinden) bekennt sich dazu, die Gleichbehandlung von behinderten und nicht behinderten Menschen in allen Bereichen des täglichen Lebens zu gewährleisten."

So steht es in Artikel 7 des Österreichischen Verfassungsgesetzes.

Umso mehr verwundert und brüskiert mich die Tatsache, dass ein öffentliches Schulgebäude der Bundesimmobiliengesellschaft, vermietet an das Ministerium und vertreten durch den steirischen Landesschulrat, dieses Gesetz im Zuge eines Umbaus des Knittelfelder Gymnasiums elegant ignoriert und missachtet.

Wie wir Betroffenen und ganz sicher auch jene, die Verantwortung dafür tragen, wissen, präsentiert sich die Umsetzung des Artikel 7 „Gleichstellungsgesetz" als schleppend und mühsam. Nichtsdestotrotz sollten „wir" es als Fortschritt verzeichnen, wenn Herr und Frau Österreicher sich Gedanken über diese Problematik machen und im Begriff sind, daran etwas zu ändern.

Umso unverständlicher, wenn der Leiter einer Bildungsstätte sich keine Gedanken darüber macht. Der Bildungsfaktor ist für Menschen mit Behinderungen ein wesentlicher Bestandteil, um nicht zu sagen die Basis für ein selbstbestimmtes Leben. Ich möchte Ihnen nicht unterstellen müssen, Herr Direktor, dass Ihre Meinung zu diesem Thema eine andere ist und gehe davon aus, dass Sie sich für ein barrierefreies Knittelfelder Gymnasium einsetzen.

Mit aufrichtigen Grüßen
Gabriela Obermeir

Ergebnis: Keine Reaktion und daher keine Information darüber, ob damals der

rollstuhlfahrende Schüler in absehbarer
Zeit selbstständig in sein Klassenzimmer
kam und nicht mehr von Lehrkräften über
die Stiegen getragen werden musste.

Betreff:

Zehn Operationen

Ziel: Eine Stellungnahme und eine
finanzielle Entschädigung.
Ereignis: Ein gebrochenes Bein
entzündete sich und wurde in drei
Monaten zehnmal operiert.

Sehr geehrte Verantwortliche!
Mein Name ist Gabriela Obermeir, geb.
am 12.11.1960. Ich war von 23. Mai bis
19. Juli und von 25 Juli bis 12. August
2019 stationär wegen eines Bruches im
linken Unterschenkel in diesem
Unfallkrankenhaus.

Meine Grunderkrankung (MS) führt leider
spastische Zuckungen in beiden Beinen
mit sich, weswegen ich aus Erfahrung

weiß und dies auch mitteilte, dass eine Vergipsung nicht erträglich ist. Das wurde leider ignoriert und der äußerst schmerzhafte Versuch einen Gips anzulegen, scheiterte im Gipsraum. Man packte mein Bein vom Fuß bis zu den Leisten in eine Schiene und legte mich in den 6. Stock, Einzelzimmer. Die Schiene war dermaßen schmerzhaft und unerträglich, dass ich vor Krümmungen quer im Bett lag. In meiner Verzweiflung rief ich Herrn OA. Dr. Paul an, den ich nachbarschaftlich kenne und der mir vor ein paar Jahren meine rechte Hüfte exzellent operierte. Am nächsten Tag wurde ich in den vierten Stock verlegt und die Schiene wurde mir abgenommen. Der Bruch des Beines hat sich durch die höllischen Schmerzen und Krämpfe der Vornacht verschoben und entzündet.

Ich konnte nicht operiert werden.

Drei Wochen lag ich, unter Eingabe von schwerstem Morphium, am Rücken im Bett. Bei der ersten Operation wurden Platten in den Unterschenkel eingesetzt. Jedoch die Haut verfärbte sich und es wurde wieder operiert, weil ein Hämatom zwischen den Platten sich verbreitete. Nach der fünften oder sechsten Operation wurde ich am vierten Tag aus der Bettlägrigkeit mit einem nicht ausgeleerten Katheder nach Hause entlassen.

Beim ersten Kontrolltermin nahm mich Herr OA. Dr. Paul sofort wieder stationär auf. Ich landete im dritten Stock. Was dann in weiterer Folge mit meinem Bein geschah, ist mir nicht klar. Zehn Operationen, man sprach von Keimen, Nekrose, Amputation und "Wollen Sie leben oder sterben?"

Es folgten elf Tage Intensivstation.

Das Bein war zwar mittlerweile verheilt,
jedoch konnte nicht davon ausgegangen
werden, dass es je wieder einsatzbereit
sein wird. Abgesehen davon ist es total
deformiert.

Vier Tage zu Hause und ich brach mir das
rechte Bein (das linke Bein war absolut
nicht belastbar). Ich ließ mich in ein
anderes Krankenhaus einliefern. Dort
bekam ich am rechten Bein einen
Eisenfixateur von außen. Im Zuge dessen
stellte man plötzlich Hepatitis C-Antikörper
in meinem Blut fest. Noch nie war dies ein
Thema in meinem Leben und es bleibt mir
nur die Überzeugung, dass dies von
Blutkonserven aus dem
Unfallkrankenhaus übertragen wurde.
Durch die MS, die vielen Operationen und

vielleicht auch durch die Hepatitis C-Antikörper war mein Körper sehr geschwächt und erlitt einen septischen Schock, der mich mit einem Blutdruck von 40/30 nahezu sterben ließ.

Ich habe persönlich nichts weiter dazu zu sagen.

Mit aufrichtigen Grüßen
Gabriela Obermeir

Ergebnis: Die Patientenanwaltschaft forderte eine Stellungnahme vom Unfallkrankenhaus ein. Die Verantwortlichen zeigten in keinster Weise Kooperation oder gar ein Schuldbekenntnis.

Betreff:

Das Menschenrechtshaus

Ziel: Eine persönliche Stellungnahme, beziehungsweise im besten Fall eine zweite Anhörung.
Ereignis: Meine Bewerbung als Kommissionsmitglied für präventive Menschenrechtskontrolle wurde abgelehnt. Der Grund ist unverständlich.

Sehr geehrtes Menschenrechtshaus!
Sehr geehrte Vorsitzende der Volksanwaltschaft!
Sehr geehrte Frau Dr. Paula!
Herzlichen Dank für Ihre Antwort!
Laut Ihrer Email ist der Grund der Absage für den Einsatz als Kommissionsmitglied im Sinne der Menschenrechtsprävention ein sozialrechtlicher.

Die Sozialversicherung hat in meinem speziellen Fall Folgendes entschieden: Unabhängig davon wie hoch mein Verdienst als Kommissionsmitglied wäre, der maximale Abschlag der Berufsunfähigkeitspension beträgt laut anhängendem Bescheid der Sozialversicherung 50 Prozent.

Somit sind mir die sozialrechtlichen Bedenken seitens der Volksanwaltschaft unklar. Menschen mit Behinderungen beziehen zu einem Großteil die Berufsunfähigkeitspension. Wenn diese Personen für ein Kommissionsmitglied in Betracht gezogen werden, ist uneingeschränkt die sozialrechtliche Abklärung notwendig.

Aus diesem Grund, auch Ihrem Wunsch entsprechend, mein Bemühen um den anhängenden Bescheid beim Ausschuss der Sozialversicherung.

Über eine persönliche Stellungnahme freue ich mich sehr!

Mit aufrichtigen Grüßen

Gabriela Obermeir

Ergebnis: Ohne Reaktion.

Betreff:

Der Aushang in der Liftkabine

Ziel: Entfernung des Aushanges in
meinem Wohnhaus.
Ereignis: Eine Liftreparatur wurde nach
brieflicher Abklärung, auf einen Termin
während meiner Abwesenheit verschoben.
Das wurde mit einem Aushang in der
Liftkabine verlautbart.

Sehr geehrte Frau Paula!
Ich bedanke mich für die
Terminverschiebung und „im Besonderen"
für die namentliche Erwähnung auf Ihrem
neuen Aushang in der Liftkabine.
Prinzipiell geht es keiner/en anderen
BewohnerIn im Haus etwas an, warum der
Termin für die Liftreparatur verschoben

wurde. Die namentliche Erwähnung empfinde ich als Schuldzuweisung und kann ich in keinem Fall akzeptieren, geschweige denn verstehen. Auch die Wohnbaugesellschaft kann, in Zeiten wie diesen, Begriffe wie "Antidiskriminierung" nicht einfach unter den Tisch kehren.

Die Diskriminierung seitens Ihrer Einrichtung:

1) Ohne vorherige Absprache, hätten sie mich zwei Wochen (Dauer der Reparatur) in meiner Wohnung eingesperrt.

2) Sie erwähnen mich namentlich als Grund für die Terminverschiebung und stellen mich mit Ihrem Aushang im Lift, im wahrsten Sinne des Wortes, an den "Pranger".

Ich bin Rollstuhlfahrerin und habe das Recht aus dem Haus zu gelangen, wie alle anderen auch.

Dies sollte im Bewusstsein der Wohnbaugesellschaft eine Selbstverständlichkeit sein. Darüber hinaus hat so eine Vorgangsweise nicht speziell mit Behinderung zu tun. Ihre Idee, BewohnerInnen in einem offiziellen und für jeden einsichtigen Schreiben mit Namen anzuführen, erinnert an Vorgangsweisen längst vergangener Zeiten.

Im Herbst 2015 wurde Österreich von der UNO auf die Einhaltung der Menschenrechte, speziell auf die Einhaltung der Menschenrechte des Konventionstextes für Menschen mit Behinderungen, geprüft.
Das Ergebnis fiel bedrückend aus. Dieser Vorfall mit meiner namentlichen Erwähnung bestätigt das schlechte Ergebnis.

Mit aufrichtigen Grüßen

Gabriela Obermeir

Ergebnis: Der Aushang wurde am nächsten Tag ohne Reaktion auf meinen Brief gegen ein namenloses Exemplar ausgetauscht.

Betreff:

Das Bankinstitut

Ziel: Die Entsperrung meiner Bankomatkarte und die Aktivierung meines Online-Kontos.

Ereignis: Ich war sechs Monate lang in stationärer Behandlung. In dieser Zeit hatte ich circa vier Monate Probleme mit meinem Bankinstitut. Ich konnte die neuen Legitimationsvorschriften (eine persönliche Unterschrift im Bankinstitut) nicht einhalten. Daraufhin wurde mein Online-Banking gesperrt und die kurz vorher zugesandte Bankomatkarte, wurde bei der ersten Barabhebung von dem Bankomat geschluckt. Ich hatte wegen der fehlenden Unterschrift lange Zeit keinen Zugriff auf mein Konto.

Sehr geehrter Herr Paul!

Ich habe Ihnen gestern in der Früh meinen Ausweis in Kopie per Mail geschickt. Mein Neffe war gestern bei Ihnen und hat das Identifikationsformular und den Ausweis in Farbkopie am Vormittag abgegeben. Trotz Zusage Ihrerseits, dann wenigstens mein Online-Banking zu öffnen, ist das bis heute nicht geschehen. Auch erhielt ich gestern keinen Rückruf mehr, wie mir versprochen wurde.

Seit Monaten ist dieser Zustand eine große Belastung für mich. Wie unmenschlich und kundenunfreundlich ist das eigentlich, wenn von mir verlangt wird, ich soll vom Krankenhaus mit dem Krankenbett in eine Filiale kommen? Offensichtlich haben Sie vergessen oder nicht bedacht, dass ich schon 35 Jahre Ihre Kundin bin. Sollten Sie weiterhin die persönliche Unterschrift von mir während meines Krankenhausaufenthaltes verlangen und mein Konto gesperrt lassen, sehe ich mich gezwungen, dies als Diskriminierung gegenüber einem Menschen mit Behinderung zu beurteilen und es innerhalb meiner journalistischen Tätigkeit, öffentlich zu machen.

Ich bin nicht bereit, mir das länger gefallen zu lassen!

Haben Sie das verstanden, Herr Paul?

Mit aufrichtigen Grüßen
Gabriela Obermeir

Ergebnis: Am nächsten Tag hielt dazu mein Ex-Mann, der ebenfalls schon 35 Jahre Kunde bei diesem Bankinstitut ist, ein Gespräch mit dem Filialleiter und mein Konto wurde unmittelbar wieder eröffnet. Ich, als Frau mit Behinderung, hätte es alleine wahrscheinlich nicht geschafft.

Betreff:

Behandlungsplan Physiotherapie

Ziel: Ein möglichst geringer bürokratischer Aufwand für jahrzehntelange Bewilligungen für Physiotherapie.
Ereignis: Eine nicht nachvollziehbare Ablehnung des Kostenersatzes für Physiotherapie, obwohl der Kostenersatz bereits bewilligt wurde.

Sehr geehrte Damen und Herren!
Sehr geehrte Verantwortliche!
Ich beziehe mich auf Ihr Schreiben vom 12.04.. Es dürfte Ihnen nicht fremd sein, dass ich seit Jahrzehnten Verordnungsscheine für wöchentliche Physikalische Therapien bewilligen habe lassen müssen.

Seit 25.01. habe ich einen vom Chefarzt bewilligten Behandlungsplan für zweimal wöchentliche Physiotherapie mit Hausbesuch. Auch diesen Tatbestand können Sie in Ihrem Bewirtschaftungssystem am PC erkennen! Nichtsdestotrotz bekomme ich, nach Wochen der Warterei auf Kostenersatz, für die Honorarnote vom 12.02. eine Absage aufgrund fehlender Bewilligung.

In Ihrem Schreiben ersuchen Sie um Verständnis und schicken mir die Unterlagen zurück.
Mein Verständnis hält sich in Grenzen!
Bei einer Mindest-Berufsunfähigkeits-Pension von rund € 830,- ist die finanzielle Belastung der Behandlung, ohne den Zuschuss der Sozialversicherung, nahezu nicht zu bewerkstelligen. Sollten Sie mich

jetzt fragen wollen, warum ich nicht in einem der Physikalischen Zentren der Sozialversicherung meine Physiotherapie in Anspruch nehme, ohne dabei private finanzielle Kosten tragen zu müssen, antworte ich kurz und bündig:

Nach jahrzehntelanger Erfahrung diesbezüglich kann ich diesen Instituten nur eine Bewertung abgeben, die die Sozialversicherung wahrscheinlich nicht hören und lesen möchte.

Kein ernsthafter Therapeut arbeitet nach dem Prinzip dieser Institutionen (halbstündige Behandlung am Fließband).

Ich kann nicht nachvollziehen, wie Ihre Kanzleiarbeit organisiert ist.

Dass es aber nicht möglich ist, in die Dauerbewilligung einzusehen, ist mir rätselhaft. Im Anhang finden Sie jetzt Ihr

Schreiben, die Dauerbewilligung und drei Honorarnoten meines Physiotherapeuten über die geleisteten Stunden.
Ich ersuche dringendst um Erledigung und Überweisung des Kostenersatzes!!

Mit aufrichtigen Grüßen
Gabriela Obermeir

Ergebnis: Der Kostenersatz war drei Wochen später auf meinem Konto.

Betreff:

Wohnen in Wien

Ziel: Eine barrierefreie kleine Wohnung
der Stadt Wien zu bekommen.
Ereignis: Nach der Scheidung suchte ich
um Aufnahme in die Warteliste des Wiener
Wohnservices an. Ich bekam eine
Ablehnung. Der Grund: "Ihre Wohnung ist
groß genug und barrierefrei ist sie auch.
Ob Sie sich die Wohnung leisten können
oder nicht, stellt kein Aufnahmekriterium
dar." Einige Zeit später wandte ich mich an
die Wohnkommission, die übergeordnete
Stelle des Wiener Wohnservices.

Sehr geehrter Vorstand der Wohnkommission!

Sehr geehrte Damen und Herren!

Ich wende mich im Namen der Menschlichkeit und im Rahmen sozialer Bedürftigkeit an Sie und erlaube mir, mich für Ihre Aufmerksamkeit schon vorweg auf das Allerherzlichste zu bedanken!

Mein Name ist Gabriela Obermeir. Ich bin am 12.11.1960 in Linz geboren, wo ich bis 1984 mein Leben verbrachte. Seither ist mein Hauptwohnsitz in Wien. Seit 1980 gehöre ich zum Kreis der Multiple Sklerose PatientInnen und bin mittlerweile von 90% Behinderung betroffen. Seit ungefähr neun Jahren ist der elektrische Rollstuhl meine Mobilität. Seit mehr als sieben Jahren werde ich von Persönlichen

AssistentInnen durch den Alltag begleitet (Pflegegeldergänzungsleistung/Fonds Soziales Wien).

Der Ehe mit meinem Ex-Mann entstammen zwei Kinder, beide sind mittlerweile selbständig und wohnen in eigenen Wohnungen. 2003 zog die Familie vom 18. Bezirk in den 2. Bezirk, Taborstraße. Die Wohnung hat 106,98 m2 mit Lift im Haus. Wir brachten sie mit Eigenmitteln auf einen rollstuhlgerechten Standard. Eingezogen mit einer monatlichen Miete von € 664,34 , liegen die monatlichen Mietkosten mittlerweile bei € 974,59.

Am Heiligen Abend 2010 verließ der Vater und Ehemann mit den Worten

"Ich gehe noch schnell etwas trinken!" die Wohnung und kam nie mehr nach Hause. Ich will jetzt nicht näher darauf eingehen, was dies nach 27 Jahren seelisch bedeutet. Sie können das sicher nachvollziehen! Seither lebe ich allein, noch immer in der Familienwohnung. Der Ehemann erschien zur Scheidung nicht. Ich bekomme keinen Unterhalt, da eine Klage gegen ihn auf Unterhalt den Verlust der Wohnung bedeutet hätte. Original-Ton der Richterin: „Bei einer Klage muss ich Ihnen die Wohnung wegnehmen, weil das in einem Sozialstaat nicht vertretbar ist.".

Meine monatliche Pensions-Auszahlung beträgt 969,74 € und ich beziehe Pflegegeld der Stufe 5. Völlig überfordert mit der Situation, habe ich den Ex-Mann nie auf Unterhalt geklagt und die

Wohnungskosten fressen seit Jahren meinen Lebensstandard und noch mehr. Aufgrund der ständigen Verschlechterung meines Gesamtzustandes werden auch die Kosten für die Bewältigung des Alltags mit der Erkrankung immer mehr und ich kann mit diesen Wohnungskosten mein Leben nur mehr recht und schlecht bestreiten, um nicht zu sagen, mehr schlecht als recht.

Ich bin gelernte Buchhändlerin und habe immer gearbeitet. Nicht zuletzt sieben Jahre als Eigentümerin zweier Buchhandlungen. Bis ich 2007 in Berufsunfähigkeitspension gehen musste. Als Mensch mit Behinderung bin ich Expertin in eigener Sache. Ich setze mich für die Sensibilisierung der Bevölkerung hinsichtlich Menschen mit Behinderungen ein.

Bereits im Mai 2012 suchte ich beim Wiener Wohnservice um die Vormerkung für eine Gemeindewohnung an. Leider erfolglos (Absage im Anhang). Ich ersuche Sie mit allem, was mir zur Verfügung steht, und appelliere an Ihre Menschlichkeit, mich in dieser Lebenssituation zu retten und mir eine kleine, rollstuhlgerechte Wohnung zur Verfügung zu stellen. Sehr gerne komme ich auch persönlich zu Ihnen.

Ich verbleibe nochmals mit bestem Dank vorweg!

Mit aufrichtigen Grüßen
Gabriela Obermeir

Ergebnis: Die Wohnkommission schickte sofort eine Empfehlung für mich an das Wiener Wohnservice. Trotz ständiger

Bemühungen und einem Schreiben an
den Bürgermeister hat das Wiener
Wohnservice jedoch in zehn weiteren
Jahren keine Wohnung für mich zur
Verfügung gestellt. Ich erhielt nicht einmal
eine Ticketnummer der Warteliste.

Betreff:

Ein letzter Versuch

Ziel: Die Bewilligung für den diesjährigen Rehabilitationsaufenthalt.

Ereignis: Drei Absagen der Pensionsversicherung.

Sehr geehrter Herr Bürgermeister!

Sehr geehrte Präsidentin der AK!

Sehr geehrter Stadtrat für Gesundheit, Soziales und Sport!

Sehr geehrter Präsident des ÖGB!

Sehr geehrter Vorsitzender der VIDA!

Sehr geehrter Leiter der PVA!

Ich habe bereits alles mir Mögliche ohne Erfolg versucht und bitte Sie, mit diesem Schreiben, um Ihre geschätzte Aufmerksamkeit.

In der anhängenden Dokumentstruktur

geht es um die Ablehnung der Sozialversicherung bezüglich meines Ansuchens um Rehabilitation 2018 in Bad Pirawarth. Den Status dieses Falles und meiner chronisch fortschreitenden Erkrankung, entnehmen Sie bitte dem anhängenden PDF.

Der Rehabilitationsaufenthalt einmal im Jahr ist mittlerweile das Einzige, das sich positiv auf mein Krankheitsbild auswirkt. Mir ist die dreimalige Absage seitens der Sozialversicherung (siehe Anhang) unverständlich!

Ohne massive physiotherapeutische Maßnahme, einmal im Jahr, werde ich aufgrund meines Krankheitsbildes sehr schnell sehr schwach.

In weiterer Folge heißt das außerdem, mehr Kosten für das Gesundheitssystem als der Reha Aufenthalt in Anspruch nimmt. Abgesehen davon, ist es nicht nachvollziehbar, wenn die Schwachen in der Gesellschaft noch schwächer gemacht werden. All das hat mit Würde zu tun und Würde ist ein Menschenrecht (EMK)!

Der Stellenwert einer Gesellschaft zeigt sich immer darin, wie sie die Bedürftigsten behandelt. Das ist auch der einzige Maßstab, einer gelebten Solidarität!

Mit aufrichtigen Grüßen

Gabriela Obermeir

Ergebnis: Mein Schreiben hatte Erfolg und ich bekam zwei Wochen später die Bewilligung für den Aufenthalt, sogar mit Begleitperson.

Betreff:

Beschäftigungstherapie

Ziel: Keine weitere Belästigung.

Ereignis: Nicht gerechtfertigte Forderung eines Inkasso-Büros.

Mahlzeit, Herr Magister!

Sie schreiben seit zwei Monaten an meine Spam-Mail-Adresse und ich habe Ihre apokalyptische Forderung erst soeben zum ersten Mal entdeckt.

Ich staune gehörig …

Ich staune über die Dreistigkeit Ihrer Forderung.

Wenn ich Ihre Forderung ernsthaft betrachte, ergibt sich folgende Tatsache:

Ich habe am 14.09. die Forderung an die. Firma „Zahlungsanbieter" über € 30,97 bezahlt. (Bestätigung im Anhang).

Zu diesem Zeitpunkt war von Inkasso überhaupt keine Rede.

Wo auch immer Sie diese Inkassoforderung herhaben, ich bin nicht bereit mich hier weiterhin einer Beschäftigungstherapie zu unterziehen. Auch sehe ich Ihre horrende Forderung nicht gerechtfertigt, um nicht zu sagen maßlos und frech.

Selbst, wenn es mir ein Bedürfnis wäre, kann ich Sie und Ihre Kanzlei aufgrund meines monatlichen Finanzplanes nicht unterstützen.

Ich hoffe Ihnen mit diesen Zeilen und dem Anhang gedient zu haben und verbleibe

mit aufrichtigen Grüßen
Gabriela Obermeir

Ergebnis: Ich habe nie mehr etwas gehört und wurde daher nicht weiter belästigt.

Betreff:

Zwei Euro und zweiundfünfzig Cent

Ziel: Ausdruck meiner Verwunderung über die Forderung wie folgt.

Ereignis: Ein Zahlschein der Sozialversicherung über € 2,52.

Sehr geehrter leitender Angestellter der Landesstelle!

Sie schicken mir eine Endabrechnung über einen Zuzahlungsbetrag gemäß Paragraph 307d Abs. 6 ASVG über, sage und schreibe, € 2,52. Dies betrifft meinen Aufenthalt in der Klinik Pirawarth von 01.02. bis 14.03.

Es ist mir nicht ersichtlich wofür ich diesen aussagekräftigen Betrag, dessen Bankbearbeitung das doppelte an Gebühren kostet, abgesehen von der Arbeitszeit, an Sie überweisen darf. Offensichtlich ist er in

Ihrem Schreiben keine Begründung wert und muss ich auch noch das, von Ihnen angegebene, ASVG nach Paragraph 307d Abs. 6 durchsuchen. Das verdreifacht die Arbeitszeit. Schließlich bin ich nicht geübt in der Judikatur.

Leider habe ich im Moment keine Zeit für solche Beschäftigungstherapien und dem Himmel sei Dank habe ich für solche Beschäftigungstherapien NIE Zeit.
Wenn Sie verstehen, was ich meine!
Jedoch aus großem und tiefem Pflichtbewusstsein heraus, werde ich Ihre Forderung sofort zur Zahlung bringen, damit auf dem Konto Ihrer Institution kein Minus über € 2,52 aufscheint.

In diesem Sinne, denken Sie daran:
"Die Fesseln der gequälten Menschheit sind

aus Kanzleipapier." (Franz Kafka)

Mit aufrichtigen Grüßen

Gabriela Obermeir

Ergebnis: Keine Antwort.

INHALTSVERZEICHNIS

© 2024 Gabriela Obermeir
Herstellung und Verlag:
BoD – Books on Demand, Norderstedt
ISBN: 9783758316395